کِپر کے کھلونے کا صندوق

مِک اِنکپین

Kipper's Toybox

Mick Inkpen

Translated by Shamsu Agha

Magi Publications, London

کوئی چیز کِپر کے کِھلونے کی صندوق میں کُتر کر سوراخ بنا رہی تھی۔

"اُمید ہے میرے کِھلونے محفوظ ہیں،" کِپر نے کہا۔ اس نے انہیں باہر نکالا اور گِنا۔

"ایک، دو، تین، چار، پانچ، چھے، سات! یہ غلط ہے!" اُس نے کہا۔

"صرف چھے ہونے چاہیں!"

Someone or something had been nibbling a hole in Kipper's toybox.
"I hope my toys are safe," said Kipper. He emptied them out and counted them.
"One, two, three, four, five, six, SEVEN! That's wrong!" he said. "There should only be six!"

کِپر نے اپنے کِھلونے دوبارہ گِنے۔ اس بار اُس نے آسانی کے لئے
سب کو قطار میں کھڑا کر دیا۔
"بڑا اُلوّ -- ایک، دریائی گھوڑا -- دو، مَوزے سی چیز -- تین،
جُوتی -- چار، خرگوش -- پانچ، جناب سانپ -- چھے، اب ٹھیک ہے" اس نے کہا۔

Kipper counted his toys again. This time he lined them up to make it easier.
"Big Owl one, Hippopotamus two, Sock Thing three, Slipper four, Rabbit five, Mr Snake six. That's better!" he said.

کِپر نے اپنے کِھلونے دوبارہ کِھلونے کی صندوق میں رکھ دئے اور اطمِنان
کے لئے اُنھیں ایک بار پھر گِنا۔
"ایک، دو، تین، چار، پانچ، چھے، سات، آٹھ ناکیں!
یہ تو بہت زیادہ ناکیں ہو گئیں!" کِپر نے کہا۔

Kipper put his toys back in the toybox. Then he counted them one more time. Just to make sure.
"One, two, three, four, five, six, seven, EIGHT NOSES!
That's two too many noses!" said Kipper.

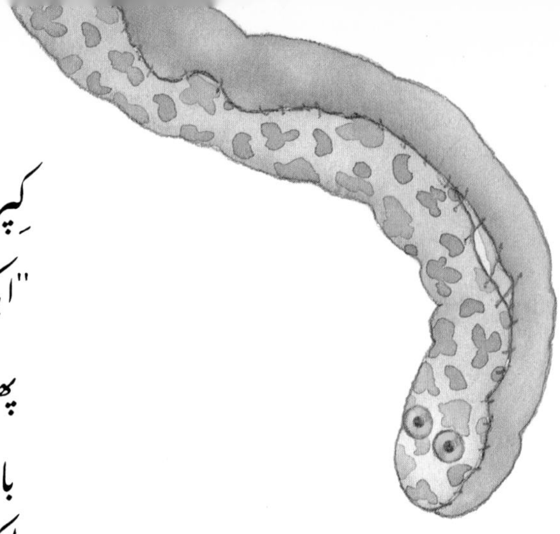

کِپر نے بڑے اُلّو کو پکڑا اور کِھلونے کی پیٹی سے باہر پھینک دیا۔
"ایک!" اس نے غُصّے سے کہا۔ پھر دریائی گھوڑا نکال پھینکا "دو!"
پھر خرگوش کو پھینکا "تین!" پِھر پھینکا جناب سانپ کو "چار!"
باہر پھینکی جوتی "پانچ!"
لیکن چَھٹا کہاں ہے؟ وہ مَوزے سی چیز؟

Kipper grabbed Big Owl and threw him out of the toybox.
"ONE!" he said crossly. Out went Hippopotamus, "TWO!" Out went Rabbit, "THREE!" Out went Mr Snake, "FOUR!" Out went Slipper, "FIVE!"
But where was six? Where was Sock Thing?

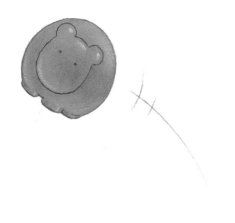

کِپر پریشان ہو گیا کیونکہ خرگوش کے بعد اسے سب سے پیاری مَوزے سی چیز تھی، جواب جا چُکی تھی۔

''میں اب تُم کو کبھی نہ کھوؤں گا،'' کِپر نے کہا۔ اُس نے تمام کِھلونے اِکٹھّا کئے، اُنھیں ٹوکری میں رکھّا پھر خُود اُس میں کودا اور سوتے وقت تک رکھوالی کرتا رہا۔

Kipper was upset. Next to Rabbit, Sock Thing was his favourite. Now he was gone.

"I won't lose any more of you," said Kipper. He picked up the rest of his toys and put them in his basket. Then he climbed in and kept watch until bedtime.

اس رات اُسے ایک عجیب و غریب آواز نے جگا دیا،
جو کمرے کے کونے سے آ رہی تھی۔

That night Kipper was woken by a strange noise.
It was coming from the corner of the room.

کِپر نے بتی جلائی تو دیکھا کہ زمین پر وہ مَوزے سی چیز رینگ رہی تھی!
یہی وہ مَوزے سی چیز ہو گی جو اُس کے کِھلونے کے صندوق کو کُتر رہی تھی!
کِپر سمجھ نہیں پا رہا ہے کہ وہ کیا کرے۔ کبھی اس کے کِھلونے اس طرح
زندہ نہیں ہوئے تھے۔ وہ دوبارہ اپنی ٹوکری میں کودا اور بڑے اُلّو کے پیچھے چُھپ گیا۔

Kipper turned on the light. There, wriggling across the floor, was Sock Thing! It must have been Sock Thing who had been eating his toybox!
Kipper was not sure what to do. None of his toys had ever come to life before. He jumped back in his basket and hid behind Big Owl.

مَوزے سی چیز، ایک دائرے میں گھومتی ہوئی ٹوکری سے ٹکرائی،
پھر پیچھے کی طرف رینگنے لگی جہاں سے وہ آئی تھی۔
لگتا تھا اُسے معلوم نہیں کہ وہ کدِھر جارہی ہے۔ کِپر اس کے پیچھے ہولیا۔

Sock Thing wriggled slowly round in a circle and bumped into the basket. Then he began to wriggle back the way he had come. He did not seem to know where he was going. Kipper followed.

کِپر نے فوراً اُسے ناک سے پکڑ لیا، وہ مَوزے سی چیز، چوں ؔ چوں ؔ
کرتے ہوئے تیزی سے رینگنے لگی۔
پھر ایک دُم نمودار ہوئی۔ ایک چھوٹی سی گلابی دُم، اور ایک چھوٹی سی
آواز نے کہا "مجھے مت مارو!"

Quickly Kipper grabbed him by the nose. Sock Thing squeaked and wriggled harder.
Then a little tail appeared. A little pink tail.
And a little voice said, "Don't hurt him!"

"تو یہ تُم تھے جو میرے کِھلونے کے صندوق میں سوراخ ڈال رہے تھے!" کِپر نے کہا۔
یہ صحیح ہے چوہے اپنے گھر بنانے کے لئے کِپر کے کھلونے کی صندوق کے
ٹکڑے کُتر رہے تھے۔
"تمہیں وعدہ کرنا ہوگا کہ آئندہ تم اُسے نہیں کُترو گے،" کِپر نے کہا۔
"ہم وعدہ کرتے ہیں،" چُوہوں نے کہا۔

"So it was YOU! You have been making the hole in
my toybox!" said Kipper.
It was true. The mice had been nibbling pieces of
Kipper's toybox to make their nest.
"You must promise not to nibble it again," said Kipper.
"We promise," said the mice.

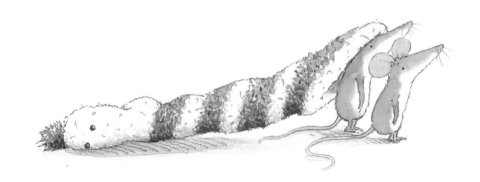

اس کے بدلے میں کِپر نے چُوہوں کو اپنی ٹوکری میں جگہ دی۔
یہ کارڈ بورڈ کے بنے گھر سے زیادہ آرام دہ تھی۔ اُن دو چوہوں نے پھر
کبھی کِپر کے کِھلونے کی پیٹی نہیں کُتری۔۔۔۔

In return Kipper let the mice share his basket. It was much cosier than a nest made of cardboard and the two little mice never nibbled Kipper's toybox again . . .

لیکن اُن کے بچوں نے کُتری۔
اُنھوں نے ہر چیز کُتر ڈالی۔

But their babies did.
They nibbled EVERYTHING!